AF373770

LETTRE

D'UN ANGLOIS

A PARIS.

A LONDRES.

1787.

AVERTISSEMENT.

Le Public qui a goûté avec en-
thousiasme nos sentimens, apprendra
sans doute avec indignation, qu'il
se répand de cette Brochure une con-
trefaçon *in* - 8°. Cette édition, la
seule dont nous nous avouons Auteurs,
sera facile à distinguer par cet aver-
tissement.

LETTRE

D'UN ANGLOIS

A PARIS.

du 18 Mars 1787.

JE vous ai fait long-temps attendre, mon cher Mylord, la réponse que vous desirez ; mais, pour vous instruire, il falloit m'instruire moi-même ; & ce n'est pas l'affaire d'un jour.

Il est certain que jamais la Nation Françoise ne s'est trouvée dans une telle agitation ; les cœurs s'enflamment, les têtes fermentent, les intérêts particuliers forcent chaque individu de s'occuper de l'intérêt général.

Un seul homme cause tous ces mouvemens ; lui seul a déchiré le voile qui couvroit les finances, ce voile obscur, qui sembloit cacher à la Nation l'ulcere qui la dévoroit.

Que doit-on penser de son projet ? Est-ce un acte de témérité, est-ce une œuvre de génie, produite par l'amour du bien public ?

En ce moment, les opinions fugitives & agitées, formées par les passions des uns, alimentées par l'intrigue des autres, toutes soutenues par la crainte ou l'espoir, s'entre-choquent, se détruisent, s'anéantissent & reparoissent. Comment démêler l'opinion publique dans ce conflit tumultueux des opinions particulieres ? D'après ce que j'ai entendu, d'après ce que j'ai vu,

A ij

voici les principes d'après lesquels vous pouvez prévoir l'effet de la démarche que le Roi vient de faire.

Le Chancelier de l'Echiquier de France, après avoir appuré tout le paffé, acquitté tout l'arriéré, veut approfondir fa fituation ; il cherche à fe former une idée jufte de l'état des finances ; il fcrute tous les comptes, pour fixer la balance de la recette & de la dépenfe : le réfultat de ce travail lui découvre un déficit effrayant ; déficit accru chaque année par les efforts onéreux employés pour fubvenir aux befoins du moment, tandis que ces mêmes moyens de fournir à des dépenfes toujours renaiffantes, s'épuifoient & devenoient plus rigoureux, à mefure qu'ils devenoient plus néceffaires.

Quel parti devoit prendre l'Adminiftrateur dans cette terrible pofition ?

Placé entre deux écueils également dangereux, quel étoit celui qu'il devoit éviter ?

Taire la fituation réelle, tromper la Nation fur l'état des finances, flatter le Roi, en le plongeant dans une fauffe fécurité ; pour la foutenir, inventer chaque jour des preftiges nouveaux ; réveiller par des appâts féduifans la cupidité des Prêteurs ; faire illufion aux Créanciers de l'Etat, au Souverain, au Peuple, & entraîner ainfi le Royaume dans un goufre d'ignominie & de malheurs : c'étoit le funefte parti qu'auroit pu prendre un Miniftre, qui, bornant fes vues à fon exiftence politique, craignant de la compromettre, & defirant garder fa place affez long-temps pour en obtenir une autre, n'eût voulu qu'en jouir fans tumulte, & la laiffer tranquillement au fucceffeur infortuné, qui auroit été forcé de déshonorer à-la-fois la Nation & le Souverain.

Découvrir fans crainte & fans myftere la plaie de l'Etat, en montrer tout-à-la-fois l'étendue & le remede aux yeux étonnés du Monarque, lui perfuader que le feul moyen de prévenir l'écroulement de l'édifice, étoit de le reprendre sous œuvre dans toutes les parties, & d'en rétablir les fondemens ; voilà une démarche hardie, d'un aspect peut-être audacieux, & qui pouvoit mettre la chose publique en danger, en montrant à l'Europe la France dans un état de détresse.

En telle occurrence, il étoit plus aisé de voir la nécessité de prendre un parti, que de le choisir.

L'indécision cependant ne pouvoit être longue : le premier systême, suivi depuis long-temps, avoit sans cesse aggravé le mal ; de plus longs détails rétardoient à peine la crise, & préparoient une effroyable catastrophe : il étoit aussi pressant que nécessaire au salut de l'état d'apporter, dans la même main, cette cruelle vérité, & un plan de restauration capable de rendre au Corps politique sa premiere vigueur.

Le Roi, en fixant ses regards sur le vaste Empire qu'il gouverne, y découvroit plusieurs principes vicieux qui devoient, à leur suite, amener sur la nation la plus infortunée, sur celle qui, aux yeux des Rois comme à ceux de l'Etre suprême, est tout quand le reste n'est qu'accessoire, sur le peuple enfin, tous les fléaux de l'indigence. Ce peuple, deja courbé sous le faix de l'impôt, étoit encore avili, dans son opinion même, par d'iniques privileges, qui, isolant quelques particuliers du malheur général, ajoutoient aux charges publiques le tourment de la honte & du mépris.

Parmi ces Corps privilégiés, répandus sur la surface de ce vaste Empire, il en existoit un, comblé de prérogatives, d'honneurs & d'exceptions ; il en existoit un, révéré des malheureux mêmes qui supportoient le poids de ces exceptions pécuniaires .... Le Clergé avoit conservé des dehors d'indépendance, quand les temps avoient anéanti toutes les indépendances particulieres. Seul, au milieu de l'Etat, il osoit présenter au Roi, comme don volontaire &

A iij

libre, ce que le refte des Peuples acquittoit comme devoir & fervice ; & tandis que le Noble ajoutoit aux impôts qu'il payoit, le facrifice de fa vie ; tandis que le Peuple ufoit la fienne à fertilifer de fes fueurs les champs de fes peres, le Clergé tranquille & opulent, offroit paifiblement des prieres pour nos armées, enlevoit la dîme des moiffons, voyoit avec fierté les divers Corps de l'Etat s'empreffer de mettre au pied du Trône leur exiftence & leur fortune, lorfqu'il fembloit n'accorder à fon Roi que des dons émanés de fa munificence.

Faut-il donc, pour révérer les Miniftres d'une Religion fainte, accumuler fur leurs têtes d'immenfes richeffes ? & ira-t-on jufque dans le Temple du Seigneur apprendre à n'y honorer que l'exceffive opulence ?

Non, non : il étoit temps de détruire ces preftiges ; il étoit temps de ramener le Clergé aux maximes qu'il prêche au Peuple : c'étoit en réformant des abus, que l'Etat pouvoit encore fe ranimer ; il falloit donc les anéantir, ces privileges odieux, qui, femblables aux plantes parafites, croiffent à l'ombre de l'arbre utile, l'enlacent, dévorent fa feve, s'élevent par fon fecours, en vivant de fa fubftance, & finiffent par l'étouffer.

La Nobleffe elle – même, avec la prééminence qu'elle mérite & qui lui eft due, confervoit encore des reftes d'exceptions plus humiliantes pour les Peuples, qu'utiles à fes vrais intérêts ; mais depuis long-temps accoutumée à placer fon honneur & fa gloire dans la profpérité de l'Etat, ce n'étoit pas d'elle qu'on devoit attendre une longue réfiftance. Habituée aux facrifices, ce qu'elle doit perdre elle l'offrira toujours, lorfque la voix de l'intérêt public le lui demandera, lorfque celle de fon Souverain fe fera entendre à fa raifon & à fon cœur.

C'étoit donc dans le fein du défordre qu'il falloit

trouver des reſſources nouvelles : accroître le revenu public, de la deſtruction des abus particuliers, c'étoit faire jaillir une ſource de proſpérités du principe même des malheurs.

Mais comment devoit ſe conduire l'Adminiſtrateur forcé de découvrir à la France ſa véritable ſituation ; l'Adminiſtrateur qu'un devoir impérieux obligeoit de frapper ſur les privilégiés, & d'anéantir, non les honneurs qui leur ſont dus, mais les exemptions qui les enrichiſſent ?

Comment ne pas prévoir, qu'attaquer à la fois tous les Corps les plus puiſſans, c'étoit ſe ſuſciter d'innombrables ennemis, c'étoit les provoquer en même temps aux pieds du Trône & aux pieds des Autels ?

Servir le Peuple aux dépens des Grands, c'eſt s'expoſer à ſe trouver iſolé pendant un ſiecle. Ce Peuple ne retrouve ſa voix, pour bénir ſon bienfaiteur, que lorſqu'il eſt deſcendu dans la nuit du tombeau ; ce Peuple, abuſé par ceux mêmes qui lui nuiſent, ſe réunit momentanément à eux contre le miniſtre qui le ſert : encore s'il étoit aſſuré d'achever ſon ouvrage ! mais la haine active & implacable des Corps qu'il attaque, peut lui ravir & ſa gloire & ſa place. Eſt-il éloigné pendant des troubles qu'on lui impute & au milieu d'établiſſemens divers qu'il laiſſe imparfaits ? il n'eſt, aux yeux du Philoſophe, qu'un exemple malheureux des viciſſitudes humaines ; aux yeux du Clergé, qu'il a oſé braver, c'eſt un Miniſtre juſtement ſacrifié ; aux yeux de la Nobleſſe, c'eſt un Miniſtre victime de ſon imprudence ; aux yeux du Peuple, c'eſt l'auteur, bientôt oublié, d'un projet que ſon inexécution met au rang des chimeres.

Annoncer la criſe de l'Etat dans un Edit de réformation envoyé ſimplement aux Cours parlementaires, ç'eût été rendre le mal incurable, ç'eût été ouvrir la porte aux réclamations de tous les genres, ç'eût été

(8)

différer le moment de la deſtruction des abus ; & en retarder l'inſtant , étoit le moyen de les enraciner davantage.

Il s'agiſſoit de régénérer la Nation ; il falloit donc rappeller ces anciennes inſtitutions qui avoient entouré ſon enfance , qui avoient embelli ſa jeuneſſe dans les temps les plus orageux ; il falloit lui rendre toute ſon énergie, en lui rendant les formes primitives & cheres de ſon antique exiſtence.

Il falloit ranimer ſon cœur par de ſi précieux ſouvenirs , & lui faire retrouver ſes vertus , en lui rappellant que ce fut dans ces aſſemblées vénérables que la Nation , ſe pénétrant à l'envi & d'émulation & de zele, dévoua conſtamment & ſans réſerve ſon exiſtence & ſa fortune à la proſpérité de l'Etat.

Pour anéantir d'antiques abus , il falloit recourir aux moyens reſpectés & chéris qui en avoient anéanti jadis de ſi pernicieux ; il falloit réunir , ſous les yeux du Monarque , des Notables de tous les Ordres de la Nation , & le montrer à ſon Peuple au milieu de cette auguſte Aſſembleée.

Il étoit à craindre que les Corps mêmes qui devoient la compoſer, ne fuſſent ſoulevés à l'aſpect des ſacrifices que l'Etat alloit exiger d'eux : mais parmi ces Corps divers , il en étoit qu'on pouvoit ramener & convaincre ; il en étoit dont on ne devoit pas craindre d'exciter l'implacable reſſentiment; c'étoit un motif de les réunir : le Roi alloit connoître ſes vrais ſerviteurs , & l'Etat ſes vrais ennemis. Une démarche auſſi éclatante devoit laiſſer d'éternels ſouvenirs , qui ſurvivroient au Miniſtre , quelle que fût ſa deſtinée ; & dans ces réminiſcences ineffaçables , il voyoit le gage aſſuré d'un bien à venir , que la haine la plus animée , que la vengeance la plus obſtinée ne pouvoient étouffer.

Il ſe voyoit auſſi de grandes reſſources ; il travailloit ſous les yeux d'un Maître dont la ſage len-

teur à se décider est le gage de sa constance à tenir
sa résolution ; sous les yeux d'un Roi essentiellement
bon , mais pénétré de cette vérité , que la fermeté
dans le bien est la bonté des souverains ; d'un Roi
enfin qui avoit long‑temps consulté son cœur &
médité son plan , avant de le présenter à son Peuple
& à l'Europe. Fort de cet unique mais invinci‑
ble appui , il n'hésite pas à proposer de convoquer
au pied du Trône une Assemblée des Notables du
Royaume , dont le choix fait assez voir qu'on a
cherché la vérité , sans craindre les contradictions.

La foiblesse est amie des ténebres ; l'obscurité , le
mystere accompagnent & couvrent les pas de celui
qui veut tromper ; c'est à la clarté du soleil que se
montre la vérité ; & qui veut parler son langage , qui
veut trouver en elle seule ses moyens & ses ressour‑
ces , ne sauroit s'entourer de trop de surveillans.

Dans l'intervalle de la convocation & de l'ouver‑
ture de l'Assemblée , il étoit aisé de prévoir quels
orages les ennemis du Ministre s'efforceroient d'attirer
sur sa tête.

Déjà le Clergé alarmé prévoyoit les changemens
qui le menaçoient ; la connoissance parfaite qu'ont
ses Chefs des abus qui leur sont utiles ; la possibilité
de couvrir d'un voile respecté l'existence de ces mê‑
mes abus ; la facilité de réunir la durée de leurs pri‑
vileges aux objets spirituels dont ils devroient uni‑
quement s'occuper ; l'ignorance du Peuple , la faci‑
lité à l'émouvoir , l'ancienne habitude d'effrayer le
Monarque , l'usage de perpétuer leur existence , par la
terreur qu'ils imprimoient aux Ministres qui avoient
voulu la changer ; l'espoir de confondre leurs récla‑
mations avec l'intérêt de la Noblesse : telles étoient
les armes de ce Corps redoutable , ou plutôt trop
long‑temps redouté.

Réunissez à cela tout ce que l'habitude de discuter,
de gouverner , de dominer , donne de talens & de

lumieres ; l'éloquence tonnante des uns, infinuante des autres, artificieufe de quelques-uns ; en général, cet art d'émouvoir fourdement les efprits ; cette foupleffe qui fait éviter le choc, pour conferver l'inté-grité de fes prétentions, qui fait attendre, pour les faire reparoître, des circonftances critiques, & pro-fiter du malheur de l'Etat pour reprendre auffi-tôt fa premiere exiftence : à ces traits vous reconnoîtrez que c'étoit là le principe des plus grands obftacles, le foyer de la réfiftance, l'ame de l'oppofition.

Les divers objets qui devoient être foumis à la difcuffion de cette augufte Affemblée, n'ont été par-faitement connus qu'après le difcours du Miniftre qui les annonçoit. Je vous l'envoie ; vous jugerez, en le lifant, fi les déclamations véhémentes & fou-vent bourfoufflées de nos plus fameux Orateurs, peuvent fe comparer à cette noble élocution, à cette élégance naturelle, à cette élévation d'idées, à cette énergique rapidité de ftyle, qui a fait admirer ce difcours par les gens mêmes les moins bénévoles.

Entrons dans le détail des principaux objets qu'il préfente.

Ce n'eft pas l'ouvrage d'un moment, que de redonner à une grande Nation fon ancien patrio-tifme, & de faire revivre en elle l'amour du bien public, en lui rendant la faculté de s'en occuper. C'eft par des moyens fucceffifs & lents que l'on décompofe une Nation, qu'on éteint fa vie politique : ce n'eft pas en un inftant qu'on la reconftitue, qu'on la régénere.

Les fiecles écoulés accumulerent fur la France des charges immenfes ; elles font devenues fi acca-blantes, qu'il n'eft d'autre reffource pour les alléger, que celle qu'on peut tirer de l'énergie même de la Nation. C'eft en lui rendant fa liberté conftitution-nelle, qu'on peut lui faire recouvrer toute fa vigueur ; & ces tributs, que des Peuples forcés à une aveugle foumiffion ne fe laiffent arracher qu'avec douleur , feront offerts avec zele par des Peuples éclairés fur les befoins publics , devenus les leurs , du moment qu'ils leur font bien connus , & qu'ils font appellés à en faire eux - mêmes la répartition avec autant d'intelligence que de juftice.

Ce fut en annonçant l'établiffement des Affemblées Provinciales , que le Roi manifefta qu'il vouloit rendre à fon Peuple toute fon exiftence. Ces Affemblées , defirées avec ardeur , & regardées comme le *Palladium* des Peuples , vont enfin être univerfellement établies.

Leur conftitution , fuivant l'idée du Miniftre , étoit pure & conforme au droit naturel ; & cependant on lui reproche d'avoir confondu tous les rangs. On devoit plutôt lui reprocher d'avoir répandu dans fon Mémoire des idées encore trop nouvelles pour une Nation vieillie dans les préjugés , d'avoir plus confulté fon cœur que fon fiecle. Ce n'eft pas fans de grands efforts que l'on revient aux idées primitives , quand d'antiques préjugés ont mis les preftiges de l'orgueil à la place des premiers fentimens de la nature.

Ces confidérations , s'il les avoit apperçues , auroient-elles dû l'arrêter ? Les François , & fur - tout les François Notables , peuvent le croire ; mais un Anglois ne fauroit être de cet avis , & le mien eft qu'une idée falutaire , qui choque les idées reçues , peut bien être étouffée par les réclamations du moment ; mais elle n'eft pas pour cela anéantie : c'eft un diamant caché fous des ruines ; le flambeau de la raifon faura l'y retrouver , & lui rendre fon éclat.

Cette diftinction des Ordres , à laquelle on attache ici une fi grande importance , que produit-elle dans la plupart des Pays d'Etats , fi ce n'eft des defpotes & des victimes ? L'attribution à un feul Ordre de la préfidence aux Affemblées Provinciales avoit donné le sceptre au Clergé , & laiffoit la Nobleffe dans une exclufion aviliffante. N'étoit-ce pas un jufte redreffement que d'élever toutes les ames au même niveau , que de leur rendre leur primitive égalité , & de faire jouir chacun des co-intéreffés de l'influence qui lui appartient dans une élection où les rangs ne doivent être marqués que par les vertus , la capacité , & l'habileté à fe rendre utile ?

Cependant ce moyen a paru aux Notables inconftitutionnel & anti - monarchique. Un étranger a peine à le concevoir ; & il n'entre pas dans fa tête , que faire dépendre d'un choix abfolument libre la prééminence dans une Affemblée effentiellement patriotique , ce foit attaquer la conftitution de l'Etat.

Elles exifteront enfin ces falutaires Affemblées , non peut-être comme le Miniftre vouloit les établir : mais au moins elles exifteront ; & j'ofe croire qu'un jour on relira avec regret ce Mémoire populaire , aujourd'hui réprouvé , mais qui , dépofé fur fa tombe , y fera regardé par la Poftérité comme le trophée de fes fentimens.

On lui fait un autre reproche plus mérité ; c'eft qu'en détruifant tant d'abus , en s'autorifant , pour les anéantir , du mal qu'ils caufent , & en établiffant , pour maintenir fon ouvrage , des adminiftrations paternelles , il laiffe fubfifter les Etats dans les Provinces opprimées par les Etats.

Il en eft où les Peuples chériffent cette forme d'adminiftration ; il en eft où elle leur eft plus onéreufe qu'utile : pourquoi ne pas faire participer ces derniers aux bienfaits du Prince ? Comment n'avoir pas au moins imaginé un moyen , auffi fimple que légal , de favoir fi les Peuples des Provinces régies par les Etats , vouloient conferver cette ancienne adminiftration , ou adopter la nouvelle ?

Voilà ce que je blâme , voilà une faute , une vraie faute à dénoncer au Peuple François.

Je passe au second objet.

Le Mémoire sur l'impôt territorial en nature fut présenté à l'Assemblée ; c'étoit à ce moment critique que le Clergé attendoit le Ministre, & se flattoit de l'écraser sous le poids de ses déclamations.

Ce Mémoire offre une foule de principes irréfragables & de conséquences nécessaires : ses résultats doivent séduire tout esprit non prévenu.

Mais ce même Mémoire contient des vérités cruelles, qui ont dû exciter toute l'animosité du Clergé. C'est dans cet écrit que, rendu à la Nation, il seroit placé avec la Noblesse, confondu avec elle, soumis avec elle aux impôts qu'elle supporte. Cette égalité est un outrage à ses yeux ; il se trouve avili, parce que ses immenses richesses vont subir les taxes imposées aux fortunes des défenseurs de la Patrie.

Il a senti que présenter ses prétentions dans toute leur étendue, c'étoit s'exposer à un combat inégal, c'étoit s'offrir sous l'odieux aspect d'un Corps étranger à l'État, qui se refuse de contribuer à sa défense.

Attaquer l'impôt en lui-même & dans ses formes, soutenir qu'il est injuste & impraticable, proscrire à jamais l'idée d'une subvention perçue en nature, lui a paru être un moyen plus sûr de renverser le plan destructeur de ses priviléges, & de se ménager la possibilité de s'en ressaisir un jour. Le Clergé sait que la vie politique d'un Ministre est bornée, & que l'esprit des Corps est immortel. Ceci exige des développemens.

On a trouvé des difficultés insurmontables dans la subvention territoriale en nature. La crainte d'une perception trop dispendieuse, le défaut de bases certaines pour la classification dés terres, les doutes sur l'évaluation dés sommes que devoit produire la quotité demandée, & sur-tout l'inconvénient d'étendre l'imposition jusque-sur les frais de culture ; telles

(14)

furent les raifons qui éloignerent la Nobleffe de
l'acceffion à la fubvention en nature. J'admire que
le Clergé, qui les a fait valoir avec l'énergie la
plus exagérée, n'ait pas fenti que tout ce qu'il difoit
contre cette efpece de dîme royale, fe rétorquoit
avec avantage contre la dîme eccléfiaftique, qui eft
beaucoup plus confidérable, & que préfenter l'une
comme odieufe, comme infoutenable, comme per-
nicieufe à l'Agriculture, c'étoit prononcer la répro-
bation de l'autre ; c'étoit porter anathême à fon
revenu le plus précieux. Au furplus, j'avoue qu'en
faifant des vœux pour que les Affemblées provinciales parvinffent à faciliter le moyen d'établir l'impôt
en nature, j'aurois penfé que les befoins de l'État
étant inftans, il falloit d'abord voter pour l'impôt en
argent, en laiffant aux Affemblées provinciales le
foin de témoigner leur vœu pour l'impofition en
nature.

La plupart des Notables furent mus, en cette
occurrence, par les vues générales ; mais le Clergé,
qui les animoit, l'étoit par des vues particulieres.

Il lui étoit impoffible de fe fouftraire à la loi
qui l'affimiloit au refte des citoyens, fi l'impôt en
nature étoit établi ; il n'en étoit pas de même, s'il
étoit converti en argent : alors, pour le percevoir,
il falloit claffer les différens fols du royaume, &
leur impofer une taxe proportionnée ; c'étoit aux
termes de ce travail que le Clergé comptoit préparer
la renaiffance de fes privileges. Voici fon projet.
Lorfque la claffification des terres du royaume aura
donné la connoiffance exacte des fommes que le
Clergé doit fournir à la contribution générale, il
dira au Roi : Vous n'avez plus d'intérêt à la def-
truction de nos antiques privileges, puifque nous
offrons, en confervant nos formes, de verfer au
Tréfor royal le contingent auquel nous fommes
affujettis. Cette offre adoptée, le Clergé voit, dans

les crifes orageufes de l'Etat, les caufes de fon bonheur particulier ; il les attendra avec autant d'impatience que d'attention. Alors, en ces momens difficiles, il offrira des fecours, un emprunt, un don gratuit, qu'on récompenfera, en lui rendant fa premiere exiftence.

La connoiffance de ce projet, de la poffibilité, de la facilité même de fon exécution, devroit à jamais empêcher le Gouvernement de confentir à l'impôt en argent, à moins qu'il ne trouvât le moyen de le rendre invariablement perceptible fur chaque corps de terre, & inconvertiffable en abonnement.

Car, quand il feroit vrai que le Clergé paiera conftamment la même fubvention que les autres citoyens ; quand il feroit vrai qu'en confervant fes formes anciennes, elles ne ferviroient pas à en faire revivre les abus, il le feroit au moins autant que le miniftre qui, en privant tous les citoyens de leurs privileges, devenus nuifibles & reconnus pour tels, auroit la coupable lâcheté de refpecter ceux du Clergé, aviliroit, par cet acte feul, l'impôt qu'il voudroit établir, exciteroit le jufte mécontentement de la Nobleffe, & jetteroit fur tout fon travail le vernis de la foibleffe, de l'injuftice, de la pufillanimité. Il faut en convenir, on obvioit à ce danger, en établiffant l'impôt en nature : j'ignore s'il eft des moyens d'y parer également, quand l'impôt fera perçu en argent ; mais certainement le Clergé fe flatte que fous ce mode il lui fera plus facile de rentrer dans fes formes privilégiées. Il connoît le Miniftre qu'il a en tête : il n'ofera, je crois, lui offrir de fe déshonorer, mais il attendra fon fucceffeur. Le Roi feul peut déconcerter cet efpoir & maintenir fon ouvrage. Puiffe la vérité parler toujours à fon cœur ! Puiffe fon flambeau ne point s'éteindre, malgré les efforts de ceux qui ne trouvent leur profpérité qu'en l'égarant !

Voilà jufqu'à cet inftant l'état des chofes.

Qu'il est difficile de se former, à Paris même, une idée juste & vraie de ce qui se passe réellement à l'Assemblée !

Qu'il est difficile d'imaginer avec quelle activité infernale sont fomentées, ourdies & soutenues les diverses intrigues qui ont pour objet de dénaturer les vues de bienfaisance présentées à l'Assemblée, pour en empêcher l'exécution ; de rendre odieux le Ministre qui les a conçues, pour entraîner dans sa chûte celle de son projet ; de déguiser au Peuple ses vrais intérêts, pour lui arracher des murmures ; & de présenter ensuite ces murmures au Roi, comme le cri public, pour lui persuader qu'il ne peut l'appaiser qu'en sacrifiant celui qui l'occasionne, & en rappellant celui qu'on veut faire passer pour l'idole du Peuple, quoique le Peuple sache parfaitement qu'il ne lui a jamais fait aucun bien !

Nation frivole ! Nation toujours abusée ! Jusqu'à quand fermerez-vous les yeux à la lumiere ? Jusqu'à quand serez-vous dupe & victime des ennemis de votre bonheur ? Jusqu'à quand parviendront-ils à vous égarer au point de se servir de vous contre vous - même, & de se parer à vos yeux de leur résistance aux bienfaits qui vous sont destinés ?

Enfin, Mylord, pourrez-vous croire que, même en ce moment, au milieu du choc des opinions & des discours contradictoires que de toutes parts on affecte de répandre, il est presque impossible de savoir positivement quel fut sur tous les objets le vœu de l'Assemblée ? Au moins une seule vérité est bien constatée, c'est qu'il a été résolu que le Clergé ne pouvoit se soustraire à l'imposition générale; mais croirez-vous que cet acte de simple justice est regardé ici comme une grande victoire ?

J'admire que, dans cette Nation, qui se croit la plus éclairée de toutes, on soit encore si peu avancé dans les sentiers de la raison, qu'on s'étonne qu'il y ait un homme affez courageux pour foutenir que les gens d'Eglife ne peuvent fe fouftraire aux charges publiques: la force de la vérité leur en a, dit-on, arraché l'aveu ; mais ils efperent que cet aveu n'aura aucune fuite; ils fe flattent d'en anéantir l'effet par la chûte abfolue du projet qui les choque, & de fon auteur, réduits ainfi à ne trouver leur falut que dans la ruine publique.

Pour y parvenir, on étouffe à deffein la connoif-fance des foulagemens que le Roi veut accorder ; on empêche cette connoiffance de parvenir au Peuple : à peine fait-il qu'une foule de droits demeureront fup-primés ; que les impofitions, plus également réparties, peferont moins fur la claffe indigente; que les impôts feront diminués de plus de trente millions, par le réfultat total de l'opération.

Mais auffi pourquoi tous les projets du Miniftre ne font-ils pas publics ? Pourquoi leur publicité ne lui fert-elle pas de bouclier contre les traits de fes ennemis ? Quelle eft donc cette étrange obfcurité qui entoure l'Adminiftration, quand elle ne veut être que jufte & bienfaifante ? Pourquoi conferver, pour fervir le Peuple, des dehors fecrets & impénétrables dont s'entouroient jufqu'ici ceux qui ont trahi fes intérêts ? Le Miniftre du Peuple doit-il travailler dans les ténebres ? doit-il violer fes opérations, quand c'eft en les publiant qu'il doit triompher ? Reftes pernicieux d'un ufage pervers ! L'Adminiftration fran-çoife, même en opérant le bien, ne peut fe réfoudre à publier celui qu'elle veut faire, & à mériter ainfi les vœux du Peuple & fon fuffrage.

Cependant les preftiges, dont on abufoit fa cré-dulité, fe diffipent peu-à-peu ; s'il ne fait pas en détail ce que l'on veut faire pour lui, il commence à l'entrevoir, à s'indigner de l'oppofition qu'on y apporte, à deviner d'où elle procede ; il pénetre les intérêts cachés qui l'excitent, & il craint que les efforts foutenus de fes adverfaires n'aient un fuccès qui lui deviendroit funefte.

Je vous inftruirai de tout ce qui arrivera ; je vous en parlerai toujours avec l'énergie d'un homme qui ne fait écrire que ce qu'il penfe, mais qui ne veut rien taire. Vous connoîtrez les projets, les perfonnes qui les combattent, les raifons qui les font mouvoir ; je faurai tout, & je dirai tout. Je m'acquitterai de cette obligation avec zele, parce que je crois utile à la vérité qu'elle foit connue, d'autant que je peux prévoir, fans crainte de me tromper, qu'elle triomphera des obftacles qui l'entourent : elle trouvera à la fin fes vrais appuis, fes vrais défenfeurs. La voix du Peuple anéantira toutes les autres ; & n'eft-il pas jufte & naturel de préfager que cette Nobleffe elle-même, égarée par l'aftuce de ceux qui veulent employer fes moyens à leur utilité perfonnelle, terminera ces triftes & inutiles débats, en fe réuniffant à fon Roi ? C'eft là le moment où s'éteindront toutes les difcuffions. Le Trône eft le ralliement antique & cher de la Nobleffe Françoife ; c'eft - là qu'elle dépofera l'hommage toujours pur de fes fentimens : au milieu de tant d'orages, le Trône fera pour elle ce qu'eft pour les vaiffeaux agités par les tempêtes, le phare, qui, à l'inftant qu'il eft apperçu, fixe tous les regards, & annonce le port où il faut chercher fon falut.

$$F \ I \ N.$$

9 782014 459883